COLLECTION ANTOINE HELLER

(DE VIENNE)

Tableaux Anciens

PARIS. — 1900

CATALOGUE

DE

TABLEAUX ANCIENS

PAR

N. BERGHEM, Q. BREKELENKAMP, J. VAN GOYEN, J. DE HEEM,

S. VAN HOOGSTRAATEN, PH. DE KONINCK,

J. MOLENAER, VAN DER MEER DE HAARLEM, F. SNYDERS, J. STEEN, D. TENIERS,

A. VAN DE VELDE, J.-B. DE VRIES, PH. WOUWERMAN, ETC.

COMPOSANT LA

Collection de M. Antoine HELLER

(DE VIENNE)

ET DONT LA VENTE AURA LIEU

HOTEL DROUOT, SALLE N° 7

Le Mardi 26 Juin 1900

à trois heures

COMMISSAIRE-PRISEUR

EXPERTS

Mᵉ PAUL CHEVALLIER   MM. FÉRAL, Père & Fils

10, rue Grange-Batelière   54, faubourg Montmartre

EXPOSITION PUBLIQUE

Le Lundi 25 Juin 1900, de 1 heure 1/2 à 5 heures 1/2.

CONDITIONS DE LA VENTE

La vente sera faite au comptant.

Les acquéreurs paieront *cinq pour cent* en sus des prix d'adjudication.

Paris. Imprimerie de l'Art, E. Moreau et Cⁱᵉ, 41, rue de la Victoire

Désignation

BERCHEM

(NICOLAS)

École Hollandaise, 1620-1683

I — *Bergers et leurs troupeaux.*

Dans un site agreste, un pâtre debout joue de la vielle; une femme, assise à terre, tient un enfant dans ses bras.

Des bœufs, des chèvres et des moutons paissent ou se reposent autour d'eux.

Important tableau de la première manière de l'artiste.

Toile. Haut., 1 m. 20 cent.; larg., 1 m. 14 cent.

2

BREKELENKAMP

(QUIRYN VAN)

École Hollandaise, 1668

2 — *La Visite à la malade.*

Dans un intérieur hollandais, un médecin tâte le pouls d'une dame assise, la tête couverte d'un fichu blanc. Près d'elle, une servante debout.

Bois. Haut., 45 cent.; larg., 63 cent.

GOYEN
(JEAN VAN)
École Hollandaise, 1596-1666

3 — *Le Retour de la pêche.*

Sur la berge d'une rivière hollandaise, non loin d'une église, hommes et femmes attendent la rentrée des pêcheurs.

Des barques accostent le rivage.

Dans le lointain, des bateaux à voiles.

Signé à droite et daté 1636.

Bois. Haut., 44 cent.; larg., 52 cent.

GOYEN

(JEAN VAN)

Ecole Hollandaise, 1596-1666

4 — *Vue d'une ville hollandaise.*

Elle s'étend sur la rive d'un fleuve. Au centre, la tour d'une église ; à droite, des moulins à vent.

Des bateaux de pêche sillonnent le cours d'eau.

Au premier plan, un bac chargé d'un carrosse attelé de six chevaux et, sur une berge, un troupeau de vaches dont l'une est traite par une bergère.

Signé à droite, sur un bateau à voiles, d'un monogramme peu lisible.

Bois. Haut., 5o cent.; larg., 81 cent.

HOOGSTRAATEN

(SAMUEL VAN)

Ecole Hollandaise, 1627-1678

5 — *La Promenade dans le parc.*

D'élégants personnages se promènent dans un parc, dessiné à la française, et offrant sur la droite une longue allée ombrée par des charmilles. Deux bassins de forme ronde sont ornés de jets d'eau.

A droite, des orangers en pots, des ifs, une porte enguirlandée de feuillages décorent un parterre.

Bonne peinture d'une coloration chaude et lumineuse.

Toile. Haut., 78 cent.; larg., 1 m. 10 cent.

KONINCK

(PH. DE)

École Hollandaise, 1619-1689

6 — *Vue de Hollande.*

Un bateau chargé de sacs occupe le centre d'un canal ; des pêcheurs côtoyent une rive boisée. A droite, des moulins à vent.

Vers le fond, les maisons d'une ville couvertes de briques rouges.

Important tableau.

Signé en toutes lettres sur le bateau.

Bois. Haut., 77 cent.; larg., 1 m. 08 cent.

MEER DE HAARLEM

(JEAN VAN DER)

École Hollandaise, 1656-1705

7 — *Vue d'un Canal en Hollande.*

Il est bordé de constructions rustiques.

A gauche, une église; plus loin, un pont de bois; vers le fond, une tour.

Au premier plan, un bateau avec de nombreux promeneurs; sur une rive, deux pêcheurs à la ligne.

Bois. Haut., 41 cent.; larg., 73 cent.

MOLENAER

(JEAN)

École Hollandaise, † 1685

8 — *Fête villageoise.*

Des paysans sont réunis autour d'une table dressée en plein air. Une jeune femme, debout sur un tabouret, la jupe retroussée sur un jupon rouge, chante en levant son verre ; un joueur de flûte est assis au centre, un fumeur le poing sur la hanche, écoute la chanteuse. D'autres personnages finissent leur repas ou sont occupés en de galants entretiens ; un chien dort près d'une barrique.

A gauche, des paysans dansent ou se reposent devant les maisons du village.

Au premier plan, un homme assis vu de dos, coiffé d'un ample chapeau de feutre.

On lit à gauche, sur un mur, la date 1653, et au centre, sur la table, la signature *Molenaer*.

Importante composition.

Toile. Haut., 85 cent.; larg., 98 cent.

RUBENS

(École de Pierre-Paul)
XVIIe SIÈCLE

9 — *Atalante et Méléagre.*

Atalante, les jambes couvertes d'une drape·
rie rouge, est asssise sur un tertre. Debout
devant elle, Méléagre, un pied posé sur sa
victime, lui présente la tête du sanglier de
Calydon.

Au centre, un amour est vu de dos.

A terre, un carquois et des flèches.

Dans les nues obscurcies par l'orage, on
aperçoit une figure de discorde.

Composition presque similaire à celle du
célèbre tableau de la galerie de Dresde, gravé
par J. Meyssens et dont une autre variante
figure à la Pinakothèque de Munich.

On lit au dos de ce tableau qu'il provient
de la collection de la comtesse de Walden-
burg, fille du prince Auguste de Prusse, à qui
appartenait cette œuvre.

Bois. Haut., 56 cent.; larg., 44 cent.

SNYDERS

(FRANZ)

École Flamande, 1579-1657

10 — *La Marchande de fruits.*

Au milieu d'une large table de bois, une corbeille de raisins blancs et noirs, sur lesquels court un écureuil, une autre remplie de poires et de branches chargées de prunes, deux compotiers de fraises, puis des nèfles dans un bassin.

Vers le centre de la composition, un panier de pêches que fait basculer un singe.

Sur la gauche, une dame, en robe noire à large collerette, repousse l'offre de la marchande qui lui tend un compotier de pommes.

A terre, un panier rempli de fruits divers, des légumes, une balance, etc.

Au fond, une draperie tendue sur un mur ; à gauche, un parc en perspective.

Riche et importante composition, dont les figures nous semblent peintes par Théodore Rombouts.

Toile. Haut., 2 mètres ; larg., 2 m. 40 cent.

STEEN

(JEAN)

Ecole Hollandaise, 1626-1679

11 — *Les Jeux au logis.*

Une jeune mère assise au centre, portant
un enfant debout sur ses genoux, tourne vers
le spectateur son visage souriant.

Des gamins, encouragés par une femme debout, les bras ouverts, jouent en se lançant
une pomme. Un fumeur, le dos tourné à une
haute cheminée, sourit de leur plaisir. Deux
autres enfants se disputent, agenouillés sur
les dalles de la chambre, où l'on remarque à
terre des objets de ménage, une chaise, des
fruits et des gâteaux renversés.

Dans le fond, au delà d'une table où des
gauffres sont servis sur une nappe blanche,
deux vieillards prennent leur part de gaieté;
la femme, portant un manteau noir, courbée
vers l'homme assis et tenant un verre de vin.

Signé à gauche

Bois. Haut., 54 cent.; larg., 50 cent.

TENIERS

(DAVID)

Ecole Flamande, 1610-1690

12 — *La Tentation de Saint Antoine.*

L'ermite en prière est agenouillé dans une grotte.

Des gentilshommes, accompagnés de dames, détournent ses regards; un amour voltigeant lui lance une flèche.

A droite, un buveur, à la mine réjouie, chevauche le compagnon du saint; une femme est assoupie sur le dos d'un âne.

A gauche, deux sorcières, l'une montée sur un lion et armée d'un balai, l'autre étendue à terre, une femme assise pesant de la monnaie.

Des démons, aux formes d'animaux fantastiques, complètent la composition.

Très beau tableau d'une exécution large et spirituelle et d'une chaude tonalité.

Signé à droite en toutes lettres.

Bois. Haut., 42 cent.; larg., 55 cent.

TENIERS ET HEEM

(DAVID)   DAVID DE)

13 — *Intérieur de cuisine.*

Des fruits remplissant des corbeilles, des légumes, des bassins de cuivre et divers objets de ménage sont groupés à terre.

Le maître du logis, coiffé d'une toque de fourrure, debout et appuyé sur une canne, suivi de son chien, donne des ordres à un serviteur.

A droite, près d'un four, une femme se présente par une porte entr'ouverte.

Signé au centre, D. Teniers, et vers la gauche L.-D. Heem f· A° 1693.

Beau et intéressant tableau qui nous paraît répondre à la description du n° 450 du catalogue raisonné de Smith.

Bois. Haut., 48 cent.; larg., 62 cent.

VELDE

(ADRIEN VAN DE)

École Hollandaise, 1639-1672

14 — *Le Passage du gué.*

Il est traversé par une bergère et son troupeau de bœufs, de chèvres et de moutons. Un pâtre, monté sur un cheval gris, indique à la femme un chemin vers la droite.

Plus loin, sur un tertre, deux arbres peu feuillus.

Dans le fond, sous un ciel clair, des ruines et des montagnes à l'horizon.

Signé à droite et daté 1639.

Toile. Haut., 51 cent.; larg., 45 cent.

VRIES

(JEAN RENIER DE)

École Hollandaise

15 — *La Halte devant l'Église.*

Une église, entourée d'arbres, se dresse sur
la gauche.

Sur un chemin sinueux, trois hommes sont
arrêtés. A droite, un cours d'eau coule entre
des rochers dans une vallée qui s'étend à
l'horizon.

Bois. Haut., 64 cent.; larg., 48 cent.

WOUWERMAN

(PHILIPPE)

École Hollandaise, 1619-1668

16 — *Scènes de pillage.*

Un officier, ceint d'une écharpe bleue et
monté sur un cheval blanc, conduit une troupe
de cavaliers. L'un d'eux enlève une femme
qu'un autre soldat menace de son sabre. Les
prisonniers, les mains liées au dos, sont
agenouillés à terre, des femmes implorent,
d'autres pleurent des victimes.

A droite, un convoi de prisonniers et
d'hommes chargés de butin.

Au fond et à gauche, la ville en feu sous
le ciel obscurci de nuages de fumée.

Joli tableau d'une fine exécution.

Signé à gauche du monogramme.

Bois. Haut., 44 cent.; larg., 63 cent.

ÉCOLE HOLLANDAISE

(XVII⁰ SIÈCLE)

17 — *Portrait d'Homme.*

A mi-corps, tourné vers la droite, vêtu de noir, une collerette blanche autour du cou, coiffé d'un chapeau à larges bords, il tient une cruche sous son bras droit; la main gauche s'appuie sur une canne.

Quelques connaisseurs ont cru reconnaître dans ce tableau une œuvre de Frans Hals, d'autres l'attribuent à Jean de Bray, c'est en tous cas un beau portrait de l'école de Haarlem.

Toile. Haut., 80 cent.; larg., 64 cent.

ÉCOLE HOLLANDAISE

(XVIIe SIÈCLE)

18 — *Nature morte.*

Des raisins, des pêches et divers autres
fruits sur lesquels se tient un perroquet; un
homard, un citron sur un plat d'huîtres, le
tout groupé sur une table couverte en partie
d'un tapis vert frangé d'or.

Toile. Haut., 63 cent.; larg., 1 m. 08 cent.